bibliotecas do mundo

Este livro foi revisado segundo o Acordo Ortográfico da Língua Portuguesa de 1990, em vigor no Brasil desde 2009.

Direção editorial Ana Cecilia Impellizieri Martins • Martha Ribas

Coordenação editorial Renata Nakano

Assistente de projeto Juliana Teixeira

Pesquisa Luísa Mendes Tavares • Nicole Roale

Capa e projeto gráfico Raquel Matsushita

Diagramação Juliana Freitas | Entrelinha Design

Ilustração Biblioteca de Alexandria • Mariana Massarani
Biblioteca Nacional • Bruna Assis Brasil
Biblioteca Internacional da Juventude • Andrés Sandoval
Biblioteca de Basra • Elma
Biblioteca do Mindlin • Mario Bag
Biblioburro • Juliana Bollini
Biblioteca-Parque da Rocinha • Ciça Fittipaldi

Revisão Duda Costa • Mariana Oliveira

Projeto marketing cultural Jacqueline Menaei | Mais Arte

Administração de projeto Gustavo Lacerda

Agradecimentos A André Ferreira Lima, Augusto Pessôa, Flávia Rocha e Thiago Jatobá pelas leituras e dicas.

CIP-BRASIL. CATALOGAÇÃO NA FONTE
SINDICATO NACIONAL DOS EDITORES DE LIVROS, RJ
C466b

Chindler, Daniela
Bibliotecas do mundo / [ilustrações Andrés Sandoval... et al.]. - 1.ed. - Rio de Janeiro : Casa da Palavra, 2012. 72p. : il.

ISBN 978-85-7734-292-1

1. Literatura infantojuvenil brasileira 2. Bibliotecas - Literatura infantojuvenil 3. Livros - Literatura infantojuvenil. I. Sandoval, Andrés, 1970-. II. Título.

12-6217. CDD: 028.5
CDU: 087.5
28.08.12 06.09.12, 038573

CASA DA PALAVRA
PRODUÇÃO EDITORIAL
Av. Calógeras, 6, sala 1.001
Rio de Janeiro, RJ – 20030-070
21. 2222-3167 | 21. 2224-7461
divulga@casadapalavra.com.br
www.casadapalavra.com.br

LEI DE INCENTIVO À CULTURA
MINISTÉRIO DA CULTURA

PATROCÍNIO

carioca CHRISTIANI-NIELSEN engenharia

APOIO

Ministério da Cultura

GOVERNO FEDERAL BRASIL PAÍS RICO É PAÍS SEM POBREZA

bibliotecas do mundo

DANIELA CHINDLER

ILUSTRAÇÕES

MARIANA MASSARANI
BRUNA ASSIS BRASIL
ANDRÉS SANDOVAL
ELMA
MARIO BAG
JULIANA BOLLINI
CIÇA FITTIPALDI

Casa da Palavra

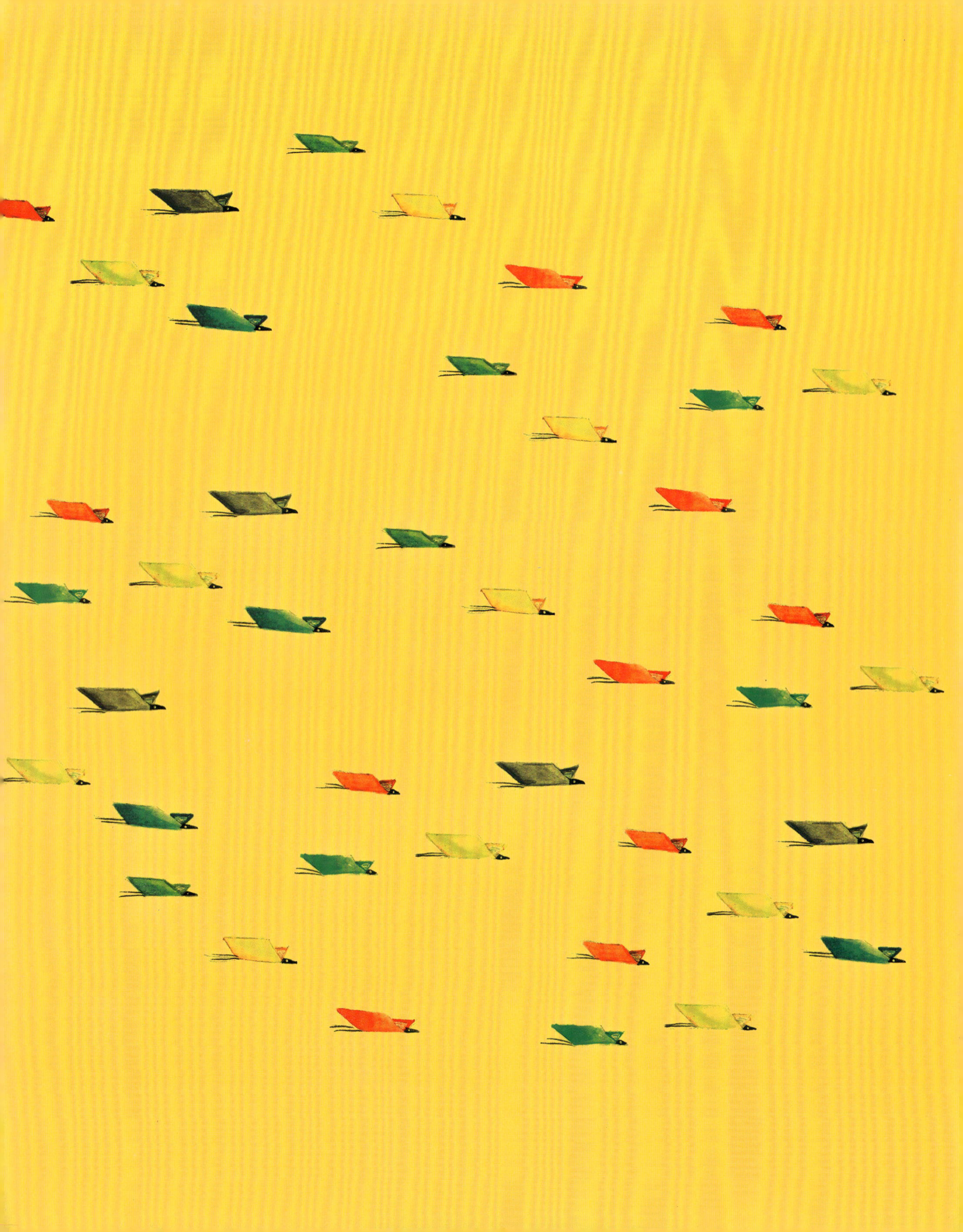

Para o André, que foi o
primeiro leitor destas histórias.

• sumário

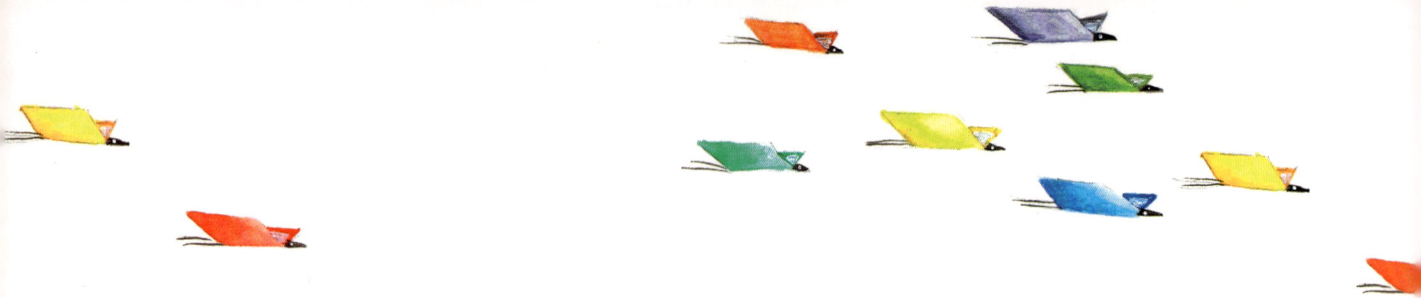

De onde vêm os livros que estão nas estantes das bibliotecas? Como eram as bibliotecas da Antiguidade? É verdade que há livros com desenhos pintados a ouro? Desde quando existem bibliotecas? Um dia, eu e a ilustradora Mariana Massarani começamos a pensar nessas questões e achamos que era um ótimo assunto para um livro. Aí comecei a pesquisar...

A palavra "biblioteca" vem do grego e, traduzida ao pé da letra, quer dizer "depósito de livros". Mas o engraçado é que as primeiras bibliotecas da História não eram exatamente de livros, pelo menos não como são os que conhecemos hoje em dia. A primeira biblioteca do mundo foi erguida na Assíria (atual Iraque), pelo rei Assurbanipal II, por volta do século 7 a.C., há mais de 2.500 anos!

Nela, foram armazenadas milhares de tabuletas de argila. Muito depois, vieram as bibliotecas com rolos de papiro, feitos de uma planta típica do Egito, e os livros confeccionados em pergaminho, no couro de animais. Assim como algumas bolsas que existem hoje, já existiram livros feitos de couro.

Pensem que antes das impressoras os monges ficavam nos monastérios copiando letrinha por letrinha. Eles deviam pensar: "Oba, acabei mais um livro! Faltam só quatro anos para completar a encomenda das cópias..." E os monges trabalhavam só durante o dia e próximos a uma janela, porque

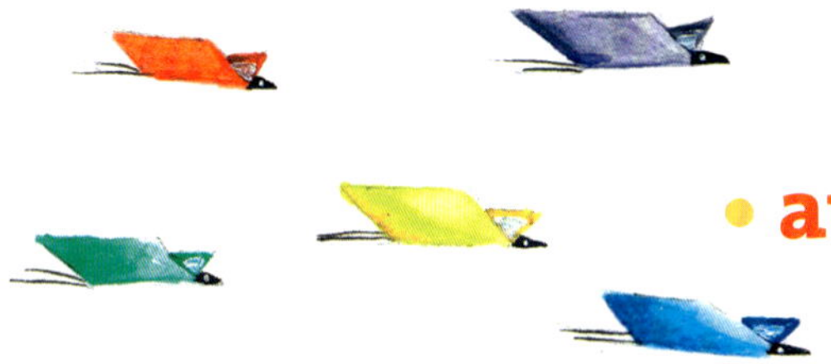

apresentação

quando escurecia a luz das velas podia causar um incêndio e destruir todo o trabalho. Quanto mais eu estudava, mais coisas incríveis descobria. É claro que não cabia tudo neste livro.

Então escolhi sete bibliotecas: A Biblioteca de Alexandria, a mais famosa da Antiguidade; a Biblioteca Nacional, que enfrentou as ondas a bordo de caravelas e veio para cá bem antes de o Brasil se tornar um país; a Biblioteca de Basra, onde trabalhava uma bibliotecária que driblou a guerra; a Biblioburro, uma biblioteca que anda no lombo de dois burros; a Biblioteca do Mindlin, um colecionador de livros raros; a Biblioteca Internacional da Juventude, instalada em um castelo medieval; e a Biblioteca-Parque da Rocinha, com livros, TVs e computadores.

Uma tão diferente da outra! Por isso a editora Casa da Palavra escolheu um ilustrador para cada biblioteca. Imagens também contam histórias com suas linhas e cores.

Com certeza você deve conhecer alguma biblioteca, seja em seu bairro, na sua escola ou até na casa de um amigo. Mas se não conhece, está convidado a conhecer. Não seja tímido.

Entre, e boa leitura!

Biblioteca de Alexandria

Meu nome é Hipátia, sou filha única de Téon, o famoso astrônomo e estudioso da matemática. Minha mãe morreu quando eu era bem pequena, mas nunca fiquei sozinha, Téon me levava para todos os cantos. Dizem que filho de peixe peixinho é. Concordo com o ditado. Adoro fazer contas, sou uma grande solucionadora de problemas matemáticos. Falo grego, mas nasci no Egito. Como pode ser isso?

Tudo começou 300 anos antes de Cristo, com um general chamado Alexandre, O Grande, que – pasmem – era baixinho. Ele era chamado de grande porque conquistou o mais vasto império de que já se ouviu falar! Bateu o recorde do pai, Felipe, rei da Macedônia que reuniu todas as cidades gregas durante o reinado.

Alexandre liderava um grande exército, mas não pensem que ele era um brutamontes. Isso é que não. Ele era um homem muito culto, tão preocupado com o saber que, quando liderava um exército com milhares de homens e soldados, sempre levava junto sábios, para estudar os animais e as plantas, e cartógrafos, que mapeavam os novos domínios. Ele realmente gostava muito de ciências. Sabem quem tinha sido seu tutor, professor particular? Aristóteles, um dos maiores filósofos da Antiguidade.

Quando Alexandre, O Grande, chegou ao Egito, aqui era dominado pelos persas. Houve uma batalha, e sabem quem venceu? Alexandre, é claro. Os persas não eram muito queridos por essas bandas.

– Adeus, seus persas, vocês já vão tarde – deve ter gritado o povo nas ruas, bem contente com a vitória.

Os sacerdotes egípcios até fizeram de Alexandre um novo faraó. Imagino como ele se sentiu durante a cerimônia – provavelmente como "O Muito Grande" –, já que os faraós eram vistos como deuses.

Sendo tão poderoso, Alexandre fundou uma cidade grega no Egito. E adivinhem como a batizou? Alexandria! Acho que ele era um pouco metido...

Alexandre, que ganhava todas as batalhas, foi vencido por uma doença desconhecida e morreu muito jovem, aos 33 anos. Seus domínios foram repartidos entre generais. Um deles, Ptolomeu, declarou-se imperador e ini-

ciou uma dinastia. Depois, nasceram muitos outros Ptolomeus, um deles irmão da Cleópatra. Mas isso foi depois, estou me adiantando no tempo.

A cidade de Alexandria, à beira do mar Mediterrâneo, num instante transformou-se em um importante porto. Para orientar os navios, foi erguida uma gigantesca construção na ilhota de Faro, e por isso se chamou farol. Desde então, uma fogueira no alto do farol arde dia e noite, a uns 120 metros de altura. É tão alto quanto sessenta camelos empilhados! No topo, está a estátua de Poseidon, o deus do mar, com seu tridente na mão.

O fogo pode ser visto mar adentro. Assim, os navios não se perdem, principalmente em dias de tempestade e na escuridão. À noite, parece uma estrela brilhante. Para iluminar ainda mais, um espelho enorme de metal polido é usado para refletir a luz.

Todos que vêm a Alexandria querem conhecer essa maravilha. Os turistas podem visitá-la. Para os gulosos, são vendidos espetinhos de carneiro, frutas e bebidas. Para os preguiçosos que desejam ver a vista lá de cima sem se cansar, alugam-se burros que os levam ao topo do farol no lombo.

Existe uma lenda sobre a fundação de Alexandria: quando os construtores reais estavam demarcando onde seriam as muralhas da cidade, deram-se conta de que o cal havia acabado. Então tiveram a ideia de usar farinha. Mal terminaram o trabalho, apareceram muitos pássaros, de todos os tipos, que comeram tudinho. Os sábios entenderam que aquilo era um bom presságio, que a cidade seria abençoada com abundância, recebendo gente de todas as partes do mundo. E assim foi. Passeando pelas ruas, vemos mercadores da Ásia, da África, pessoas da Itália, da Babilônia e de muitos outros lugares.

A cidade foi a mais luxuosa e elegante de que se tem notícia. Os palácios que hoje ainda se espalham pelo bairro grego Neópolis são memórias dessa época. Um deles foi erguido para reunir todo o saber.

"Que nome dou a este palácio? Ai, que dúvida!", pensava o rei Ptolomeu. "Precisa ser um nome muito especial... Ai, Zeus, bem que suas filhas, as musas que inspiram poetas e sábios, poderiam me ajudar. É isso! Vou chamá-lo de Museu, que significa 'refúgio das musas'."

É o primeiro museu da História, e tenho a sorte de dar aulas nele. Sei que não é comum uma mulher ser professora, mas eu visto o meu manto dos filósofos e todos me respeitam. Às vezes, querem saber por que não me casei. Vocês podem pensar que sou feiosa, garanto-lhes que não, muito pelo contrário. Meu pai sempre dizia: "Mente sã em corpo são." A mente e o corpo precisam estar saudáveis, por isso pratico exercícios todos os dias. Minha beleza já partiu corações e atraiu muitos pretendentes. Recusei todos. O destino quis assim, que eu me apaixonasse não por um homem e sim pelo conhecimento. Foi com ele que me casei.

Os professores podem viver no Museu, lá estão laboratórios de estudo, espaços para aulas, dormitórios e refeitórios. Os mais ilustres pensadores da Grécia vieram para cá. Como Herófilo, que estudava o corpo humano e descobriu ser o cérebro, e não o coração, o verdadeiro órgão da inteligência.

Tenho orgulho de estar no mesmo lugar onde um dia esteve Arquimedes. Ele foi um matemático brilhante, que vivia mergulhado em seus pensamentos, distraído do mundo. Sempre que passo pela casa de banhos, lembro-me de uma das muitas histórias desse gênio. Nela um rei havia encomendado uma coroa de ouro puro, mas quando a recebeu ficou com uma pulga atrás da orelha:

– Suspeito! Essa coroa está me parecendo muito leve... – E deu a Arquimedes a tarefa de descobrir a verdade. Teria o ourives misturado outro metal mais barato na fabricação?

Arquimedes ficou remoendo o assunto até na hora do banho! Uma banheira cheia de água quentinha até a borda o esperava. Assim que entrou, percebeu que uma quantidade de água transbordou da banheira. Era isso! Entusiasmado, Arquimedes correu pelas ruas gritando "eureka", que quer dizer "consegui". Ele havia descoberto a solução, mas esquecera de vestir as roupas, estava nu!

Para saber a verdade, era preciso dois potes do mesmo tamanho com a mesma quantidade de água. No primeiro deveria mergulhar a coroa e no outro a quantidade em ouro que deveria ter sido usada em sua fabricação. Os níveis da água deveriam atingir a mesma altura nos dois potes. Se assim não acontecesse, estaria provado que o ourives havia mentido para o rei.

Aqui no Museu se estuda tudo. O cosmos inteiro. Cosmos é uma palavra grega que significa "ordem do Universo". No Museu, temos um jardim botânico, onde pesquisamos as plantas; temos vários chafarizes e até um zoológico com animais trazidos da Índia e de outros lugares da África, como rinocerontes, ursos e uma píton de treze metros. Eu posso pesquisar as estrelas no mesmo observatório onde Hiparco, famoso astrônomo, catalogou os corpos celestes e batizou as estrelas mais luminosas como as de "primeira grandeza".

E ali está a minha querida Biblioteca. Nasci seiscentos anos depois da sua criação, e muita coisa aconteceu desde então. No grande salão, havia um mural em homenagem a Alexandre. Fecho os olhos e vejo seu retrato pintado com os apetrechos dos faraós do antigo Egito: o cajado, para simbolizar o papel do pastor e defensor da humanidade, e o mangual, que é um bastão usado para dividir o trigo da palha, separando o mal do bem.

A Biblioteca foi dedicada ao deus Serápis. Egípcios e gregos rezam para ele, deus da luz e do sol. Um deus com corpo e cabeça de homem e uma barba bem espessa. Os gregos não gostam dos deuses egípcios meio homens, meio animais; acham esquisito rezar para deuses com cabeça de falcão, cachorro, carneiro e mais ainda de hipopótamo.

O tesouro da Biblioteca de Alexandria é a sua coleção de rolos de papiro. Diz-se que chegou a ter quase um milhão de volumes. A parte mais interessante desta história é como essa coleção foi reunida. Todas as embarcações que chegavam ao porto de Alexandria eram vasculhadas pelas autoridades. Os agentes do governo reviravam cada cantinho dos navios. O que eles buscavam? Contrabando? Ouro? Não. Estavam à procura de rolos de papiro. E, cada vez que encontravam um, ele era tomado de "empréstimo". Empréstimo obrigatório... Até que fossem examinados, esses rolos eram guardados em enormes pilhas que tinham o título de "Livros dos navios". Eram, então, copiados e, por fim, devolvidos aos donos.

Nessa época, o rei também deu ordens aos emissários de procurar os trabalhos dos principais poetas, dramaturgos, filósofos e matemáticos. A grande Biblioteca deveria ter todas as pesquisas, histórias e descobertas que já haviam sido escritas. Em Alexandria, criava-se uma biblioteca universal. O segundo rei Ptolomeu escreveu carta a todos os soberanos de outros reinos pedindo cópias dos seus livros. E o terceiro rei Ptolomeu pediu os da cidade de Atenas emprestados. Atenas emprestou, mas cobrou uma quantia exorbitante como uma espécie de seguro. E sabem o que o rei de Alexandria fez?

– Gostei tanto destes livros, não vou resistir, vou ficar com todos para minha Biblioteca! – E o rei maravilhado ficou com os originais de Atenas e devolveu apenas as cópias.

O Egito era o maior produtor de papiro do mundo. Aliás, a origem da palavra "papel" vem de papiro, nome de uma planta aquática muito comum nos pântanos às margens do rio Nilo. Se os egípcios não tivessem descoberto o papiro, nossos antepassados teriam ficado ainda algum tempo escrevendo em tábulas de madeira, cascas de árvores ou placas de argila. Mas foram os gregos que inventaram como apagar os erros: tabuletas cobertas de cera, ótimas para as escolas. Se os alunos erram, podem raspar e refazer seus escritos.

Todo mundo sabe que reis são muito ciumentos e competitivos. O rei Ptolomeu V proibiu a exportação do papiro para a cidade de Pérgamo, porque lá havia uma biblioteca que estava crescendo e a maior biblioteca tinha que ser a de Alexandria! Mas como diz o ditado "A necessidade é a mãe da invenção". Foi assim que em Pérgamo descobriram que se podia escrever no couro curtido da ovelha, do bezerro e da cabra e, homenageando a cidade, chamaram o material de pergaminho. Quem já tocou em uma bolsa de couro pode imaginar como é. Apesar de caro, ele é bem mais resistente que o papiro.

Eu vi chegarem à Biblioteca de Alexandria os códices, primeiros livros que não são mais enrolados, mas quadrados, montados com folhas de pergaminho individuais costuradas umas nas outras. Na Biblioteca, os estudiosos estão divididos:

– Estou cansado de desenrolar os rolos para encontrar o trecho que quero ler e depois precisar enrolar tudo novamente. É um enrola, desenrola, enrola, desenrola danado – brincava um filósofo mais jovem.

– Eu, que sou mais velho, é que deveria me cansar – caçoava um matemático de barbas brancas. – Vocês jovens são preguiçosos e não resistem a uma novidade. São novidadeiros, isso sim!

– O ilustre colega não concorda que é muito mais simples o livro quadrado, que pode ser facilmente aberto em qualquer página? Abrimos e fechamos em um piscar de olhos – retrucou o primeiro.

– E a economia do material? – argumentou outro defensor do códice. – Nos novos livros, podemos escrever nos dois lados das folhas.

Cabe muito mais texto em um livro quadrado do que em um rolo de papiro, ninguém pode negar essa vantagem. Os rolos são feitos de folhas de papiro coladas para formar uma longa tira, bem comprida. Então a tira é enrolada e guardada em cilindros de madeira. O texto é escrito em apenas um lado, na parte de dentro do rolo.

– Os cristãos dizem que, enquanto em um rolo só há espaço para o Evangelho de um apóstolo, em um livro quadrado cabe a Bíblia inteira.

Os conservadores, acostumados a usar o rolo, relutam em abandonar a tradição. Entendo-os, sou uma cientista e vibro quando uma nova coisa é descoberta, e ao mesmo tempo amo o passado e quero preservá-lo. Mas tenho que confessar que os rolos de papiro são um tanto quanto desajeitados, ler é uma operação que exige ambas as mãos: equilibra-se o rolo com a direita e enrola-se a parte usada com a esquerda. Por isso, ler é uma coisa que se faz normalmente em grupo, em voz alta.

Imagino Cleópatra desenrolando um papiro e de dentro dele pulando os animais das fábulas de Esopo. Todos os jovens alunos deviam saber narrar uma fábula dele. Tem uma de suas historietas que adoro. É esta aqui:

Estava uma rã à beira de uma lagoa quando se aproximou um touro. Vendo-o tão grande, tocada de inveja, a rã começou a inchar-se com vento, tentando em vão igualar-se em tamanho a ele. Perguntava às outras rãzinhas se já estava conseguindo, ao que elas respondiam em coro que não. Punha a rã mais força por inchar; e nada, mal chegava à pata do touro. Sem perceber o quanto faltava, inchou-se tanto que... Puft! Arrebentou! O touro parou de beber água e comentou: "Quem muito se incha acaba por estourar." É uma fábula sobre a inveja.

Cleópatra morava no palácio e a Biblioteca e o Museu eram o seu quintal. Ela precisava apenas atravessar os jardins para ter aulas com os mais prestigiados estudiosos. Não havia finais de semana, estudava-se todos os dias, menos quando se festejava os deuses. Cleópatra era muito inteligente, falava nove línguas, entre elas o árabe, o hebreu, o latim, o persa e, é claro, o grego.

Talvez tenha sido a inveja que tenha feito com que o irmão da Cleópatra se voltasse contra ela. Os dois deveriam reinar juntos, tanto que ganharam o título de "Novos Deuses Irmãos Amorosos", mas não foi isso o que aconteceu. Para sorte da Cleópatra, o imperador romano, Júlio César, se apaixonou pela rainha e lutou contra Ptolomeu XIII, o irmão dela. César, que era um general quase tão poderoso como Alexandre, O Grande, saiu vitorioso e devolveu à Cleópatra o trono egípcio, que havia sido surrupiado.

A parte triste deste episódio é que, durante a batalha, um incêndio se alastrou e tomou conta de parte da Biblioteca. Cleópatra adorava ler, talvez por isso tenha recebido de presente de outro general romano 200 mil rolos, que pertenciam à Biblioteca de Pérgamo. Eles deveriam repor as obras queimadas.

Tudo isso que contei faz parte da minha memória. Diferente dos papiros e pergaminhos, que se queimaram naquela vez, na cabeça as histórias ficam guardadinhas como numa biblioteca, onde o único risco é o esquecimento. Mas se a gente conta a história para outra pessoa, é como se emprestássemos o nosso pergaminho ou papiro para que ela copiasse, como foi feito pelos reis. Essa é a história da Biblioteca de Alexandria, que também é minha história.

Biblioteca
Nacional

Eu me chamo José Joaquim e nasci em Lisboa... Minha mãe era costureira das damas da corte, cosia vestidos em algodão e seda muito finos, gostosos de passar a mão. Quando eu era pequeno, meu pai foi para o Brasil juntar dinheiro, mas nunca voltou. Com a linha e a agulha em uma mão e o dedal na outra, mamãe cantava:

Manuel, tu não embarques
Qu'eu te quero sustentá
(tiroléu, tirolau)
Com a ponta da minha agulha
Com o fundo do meu dedá

Manuel, tu não embarques
Que tu vais sofrê no má
E eu ficarei sofrendo
saudades do teu olhá

Todos nós ficamos com saudade dele. Eu queria muito ir para o Brasil encontrá-lo. A mercadora de peixes, o negociante de vassouras de palha e a mulher que assava castanha diziam que toda a Lisboa ia embarcar para aquelas bandas. Era só o que se dizia nas ruas e vielas, porque aquele general francês, o Napoleão, vivia ameaçando invadir Portugal com o seu exército. Era ele quem mandava na França, porque lá já não tinha mais rei. O povo francês matou o rei deles e fez uma revolução. Como pode ser isso? Quem tomaria conta dos súditos, de toda a gente, se não existisse um rei? Não se pode fazer isso. Quando eu era pequeno, me ensinaram que é Deus quem dá o poder aos reis, e nenhum homem pode tirar.

Nessa época, Portugal também não tinha rei, porém tinha rainha. É que o rei morreu e não deixou filhos meninos, como eu, só uma menina. Por isso foi D. Maria I que foi coroada. Mas vocês não sabem o que aconteceu! D. Maria I ficou lelé da cuca, malucou, por isso seu filho João virou príncipe regente. Ele é quem tomava as decisões e, quando a rainha morresse, seria o rei e se chamaria D. João VI, pois antes dele cinco reis de nome João já haviam governado Portugal.

Não pensem que para ser rei precisa se chamar João. Todavia, o nome João é o mais comum. Quando se vira rei, o nome ganha o número em romano: I (primeiro), II (segundo), III (terceiro), IV (quarto), V (quinto), VI (sexto).

Depois dos números, vêm os apelidos. D. Afonso, que foi o primeiro, era "O Fundador". D. João I era "O da Boa Memória", não devia se esquecer de nada. Já D. Afonso II, acho que esse não era muito querido, pois o chamavam de "O Gordo" ou "O Crasso", que quer dizer grosseiro. Ui...

D. Dinis I era "O Trovador", "O Rei Poeta". D. Afonso V, "O Bravo". D. Fernando I, "O Belo". D. Sebastião, "O Desejado", desapareceu em uma batalha na África e todo o povo deseja que um dia ele "acorde" e retorne. É uma lenda, e eu acredito. Mas D. Sebastião vai voltar bem velhinho, pois já se passaram séculos.

Adivinhem como é chamada D. Maria I? "A Louca"! Essa foi fácil, né? E qual apelido ganhou D. João, o príncipe regente, ao se tornar rei? Por enquanto, vou chamá-lo de "O Indeciso", porque nunca se decidia se ficava amigo dos franceses e brigava com os ingleses ou se virava aliado dos ingleses e, assim, inimigo dos franceses. Sabe, às vezes não dá para ser amigo de todo mundo. Se fosse rei, eu é que não ficava colega do Napoleão e dos franceses, que cortaram a cabeça do rei deles. Gosto muito da minha cabeça presa no meu pescoço e não ia querer ser José Joaquim, "O Sem Cabeça", de forma alguma... Falei pelos cotovelos e nem senti o tempo passar, pareço um papagaio brasileiro (em Portugal não existe essa ave de língua preta).

No dia seguinte, a cidade estava toda em polvorosa. Lembro que quase fui atropelado não por uma, mas sim por duas carruagens que vinham seguidas quando saí à rua. O príncipe regente decidiu que permaneceria ao lado da Inglaterra. Foi por isso que ele fugiu, sabia que Napoleão não ficaria nada contente com sua decisão.

Nosso futuro rei partiria para o Brasil e levaria consigo a família imperial, os nobres da corte – duques e duquesas, condes e condessas, viscondes e viscondessas, marqueses e marquesas, barões e baronesas –, os empregados, o tesouro real (que foi raspado até o fundo e devia estar bem pesado), os talheres de prata, as roupas, as obras de arte, os livros.

Eu bem queria ir junto, então fui para o cais. Toda a gente teve a mesma ideia, e a praia era uma confusão só.

– Eles têm apenas dois dias para preparar tudo – disse um marinheiro. – Napoleão está chegando a Lisboa.

O povo corria de um canto para o outro.

– Não corram tanto ou pensarão que estamos fugindo – falou a rainha D. Maria, A Louca. E não estavam?

Era muita gente e muita coisa para subir a bordo.

– Esses nobres querem levar uma montoeira de baús e esquecem que precisa sobrar espaço para a tripulação. Você já viu um conde ou um barão içando uma vela ou levantando uma âncora? – resmungava o marinheiro. – Para navegar, é preciso o mar, que aqui nós temos de sobra, marinheiros e víveres.

– O que são víveres? – quis saber.

– A comida, rapazinho. Sem ela, quero ver alguém chegar vivo do outro lado do oceano Atlântico. Se tiver pouca comida, fica assim: segunda, fartura; terça, ainda dura; quarta, pouco falta; quinta, faminta; sexta, esperança – brincou.

Seriam dois meses em alto-mar. Os marujos embarcavam lenha para cozinhar, azeite, carne salgada e um pão tão duro que parecia um biscoito

(o marujo me deu para provar). A água era guardada em tonéis e a quantidade seria suficiente apenas para beber, banhos nem pensar. Também vi galinhas, cabras e até uma vaca subindo a bordo.

– Parece a arca de Noé – comentei com o marinheiro.

– Os animais garantem leite e ovos frescos, mas só para os passageiros ilustres, não é para o meu bico – reclamou. – Já a canja é para todos que ficarem doentes.

Foi então que vi o infante D. Pedro. Era o filho mais velho de D. João, o herdeiro. Tínhamos a mesma idade, 9 anos, éramos quase da mesma altura. D. João embarcou na nau Príncipe Real, junto com a mãe, a rainha, o irmãozinho de Pedro, Miguel, de 5 anos, e mais umas mil pessoas.

– Não tem cama para toda essa gente. Vai ter muito fidalgo dormindo no convés – o marinheiro se divertiu.

A esposa de D. João era uma espanhola. Os dois não se entendiam lá muito bem, viviam às turras, portanto foram em barcos diferentes. E D. Pedro foi sozinho na nau Medusa: ele era corajoso como eu teria que ser se quisesse encontrar meu pai.

A esquadra zarpou. Deviam ser mais de quarenta navios correndo de Napoleão, indo para o Brasil. Muitos que não conseguiram embarcar ainda tentaram nadar atrás de um navio. Tiveram que "pescar" uma dama que já ia se afogar.

Eles partiram e eu fiquei. Eu e uma montanha de caixotes que foram abandonados. Por acaso, estava justamente sentado em um deles quando um homem magrinho ao meu lado se assustou:

– Ai, meu Deus, esqueceram uma das joias mais preciosas da Coroa! D. João não vai ficar nada contente!

– Estou sentado em um caixote de moedas de ouro? – perguntei, sem ar.

– Não são moedas o que tem dentro destas caixas, mas lhe garanto que é um tesouro muito valioso.

E como o homem não tinha nada a fazer, pôs-se a contar a história daquele tesouro: A Real Biblioteca.

– Há mais de quatrocentos anos, o rei D. João I teve a ideia de começar uma biblioteca para reunir livros, mapas, desenhos e até partituras. E assim o fez. Passaram-se os anos e seu filho tornou-se rei. Por sorte, ele continuou a coleção do pai e ainda juntou mais obras. Sabia que naquela época todos os livros eram escritos à mão? Por isso que se chamam manuscritos.

– Devia dar um trabalho danado escrever letrinha por letrinha. – "Eu ia ficar com a mão cansada", pensei.

– Dava mesmo, e as letras precisavam ser bem bonitas. Para ter dois livros iguais, só copiando tudo de novo. Esse trabalho era feito nas igrejas pelos monges escribas ou por artesãos que cobravam bem caro. Mas é claro que os soberanos tinham como comprar. E compravam obras raras, exemplares vindos de terras longínquas, livros pintados a ouro. A coroa e a biblioteca iam passando de rei para rei. Um palácio que guarda muito conhecimento é muito poderoso. Esse era um tesouro do saber. Foi assim que a Real Biblioteca passou a ser considerada uma das maiores bibliotecas da Europa, ou melhor, do mundo!

– Então estou sentado em um pedacinho da maior biblioteca do mundo? – brinquei.

– Sim e não.

– Que resposta maluca.

– Deixa eu acabar de contar a história que você vai entender. Os ponteiros do relógio continuaram a correr, e o mundo, a girar. Porém, nem sempre o que aconteceu foi bom. E justamente em um dia em que Lisboa amanheceu ensolarada e em festa, ocorreu o que ninguém esperava! Era 1º de novembro de 1755, a cidade festejava o dia de Todos os Santos, e as igrejas estavam apinhadas de gente. Foi quando, de repente, ouviu-se um apavorante trovão que vinha lá das profundezas da terra, como se fosse uma manada de elefantes ou mil tiros de bala de canhão debaixo do chão. Era um terremoto. O chão começou a tremer, e as paredes a ruir. O terremoto trouxe o fogo. Desabaram casas, palácios, igrejas, e a Real Biblioteca foi toda destruída, virou cinza, tudo se perdeu!

– Se a Real Biblioteca não existe mais, que livros são esses?

– O reino de Portugal não poderia ficar sem uma biblioteca, você não acha? Os reis voltaram a juntar livros, como deveria ser. O que para mim é muito

bom, porque os livros são o meu trabalho – então o homem magrinho se apresentou, ele era o encarregado da Real Biblioteca. – E você já tem um ofício? Não? Não vamos querer que depois de tanto esforço esses livros se estraguem aqui, concorda? Venha, ajude-me a levá-los para o Palácio da Ajuda. Eles vão ficar esperando até que possam viajar ao encontro do rei, no Brasil.

E foi assim que, dois anos depois, eu e os trezentos caixotes da Real Biblioteca atravessamos o Atlântico com a proa apontada para o Rio de Janeiro.

Não tive enjoo algum em alto-mar, mas fiquei com pena de ver o vomitório geral do pessoal. O navio estava em péssimo estado, as velas avariadas; se tivéssemos pegado um grande temporal, eu não me salvava nem os livros raros.

Na coleção, havia exemplares únicos, sem nenhum outro igual em lugar algum do mundo. Como um *Livro de Horas*, de 1378, que é um dos bisavôs dessa coleção. O encarregado me deixou ver com muito cuidado quando estávamos em Portugal. Ele me explicou que tem esse título, *Livro de Horas*, porque eram as horas de rezar em casa. O dono do livro deveria virar as páginas ajoelhado. O livro era todinho desenhado, mas para falar corretamente eu deveria dizer iluminado, pois os desenhos se chamam iluminuras. Quem não sabia ler olhava as figuras.

– Sabe como os iluminadores conseguiam esse tom de vermelho tão intenso? Era uma mistura de chumbo com clara ou gema de ovo – foi o que o encarregado me contou, e achei extraordinário. Os livros têm muitos segredos.

– Está vendo essas letras grandes no começo das páginas? Chamam-se capitulares. São pintadas a ouro.

Fiquei de queixo caído quando aprendi que tão cara quanto o ouro era a cor azul, extraída de uma pedra semipreciosa, o lápis-lazúli, que vinha da Ásia.

– Os pincéis eram feitos de pelo de esquilo ou pelo da orelha do boi – e eu não quis nem pensar como tiravam o pelo da orelha do animal.

No navio, perguntei ao capitão como era o Rio de Janeiro. Ele me contou muitas coisas e brincou:

– Você só não vai gostar dos "pequenos monstros de pernas longas", os mosquitos brasileiros. Por isso brincam que é a terra das bofetadas. Para nos defendermos dos mosquitos à noite, temos de dar bofetadas à esquerda e à direita.

– Será que vamos ter que defender os livros dos insetos tropicais?

A viagem transcorreu sem grandes sustos, e chegamos todos bem em terra firme. Por sorte, não tivemos que sofrer como os nobres que vieram apinhados dois anos atrás. Preciso contar isso baixinho, mas as damas pegaram piolhos e, como não aguentaram de tanto se coçar, tiveram que raspar a cabeça. Já que não ficava bem pisarem em solo brasileiro carecas, desceram dos navios de turbante. Por sorte, os brasileiros não conheciam os penteados de Lisboa e acharam que os turbantes estavam na moda na Europa, que devia ser uma influência da Índia... Vê se pode?

Ao chegar, logo fui procurar pelo meu pai. Encontrá-lo foi uma tarefa mais fácil do que eu havia imaginado. O Rio de Janeiro era uma cidade pequena: 46 ruas, quatro travessas e seis becos. Sei os números porque antes de começar as buscas fiz as contas: não seria necessário gastar muito a sola das sandálias. Todas as cidades e vilas portuguesas deveriam ter uma rua Direita, a principal, onde estava o comércio, e por estas bandas não era diferente. Foi para lá que me dirigi e, num piscar de olhos, dei com papai atrás de um balcão vendendo salsichas, azeite, batata-doce, feijão, milho, fitas, rendas. Nem preciso dizer o quanto ele ficou feliz! Me achou magrinho e me levou às ruas para comemorar provando a comida local – pamonha, um quitute feito de milho-verde, e um suco de goiaba, fruta que não havia em Portugal.

Pouco tempo depois, fui nomeado ajudante I do zelador da biblioteca. Pensei que era um cargo bem importante para um menino de 11 anos – afinal depois do título tinha um algarismo romano. A primeira preocupação de todos era achar um lugar para os livros morarem. Os coitados não deviam aguentar mais ficar trancados em caixote, mas no Rio de Janeiro não existia nenhum palácio com espaço para receber a Real Biblioteca. Como D. João estava alojado na antiga Casa da Moeda, então transformada em Paço Real, ficou decidido que os livros iriam morar no primeiro andar do Hospital do Convento da Ordem Terceira do Carmo.

Sei lá por que, eles não queriam que os livros ficassem junto com os doentes. Eu não vi tanto problema, afinal livro não pega resfriado nem outra moléstia. Mas mesmo assim os doentes foram transferidos.

"Um andar apenas é pouco para a minha coleção", deve ter pensado D. João, pois determinou que a biblioteca fosse também para os porões.

Mas os porões eram o lugar que servia de catacumba aos religiosos, bem embaixo da antiga capela. Eu nem sabia o que era isso, só depois me explicaram que era um cemitério subterrâneo. Que arrepio...

Por fim, a biblioteca ocupou o térreo e o primeiro andar, a casa toda foi reformada e ficou muito linda, com os livros muito bem arranjados. D. Pedro, seu irmão e irmãs foram os primeiros leitores dessa biblioteca. Eu ficava bem quietinho em um canto espiando as botas lustradas do menino Pedro e os cachos ondulados da pequena infanta Maria Isabel.

Muitas vezes, o chefe da biblioteca recebia D. João, nosso futuro rei. O certo era sempre beijar a mão dele em sinal de respeito, tinha até uma cerimônia chamada beija-mão, quando as pessoas se aproximavam, ajoelhavam diante do rei, beijavam-lhe a mão estendida e pediam favores. Eu ficaria meio cabreiro de beijar a mão do futuro rei, pois sabia que D. João comia sempre frangos com fatias de pão torrado – nem muito tostadas, nem muito moles – para em seguida chupar quatro ou cinco mangas da

Bahia. E se a mão dele estivesse melada naquele dia? Não seria agradável para mim, tampouco para os livros.

Eu sabia que ia ser feliz no Rio de Janeiro desde que cheguei às mansas águas da Baía de Guanabara. Aos poucos, eu e papai juntamos dinheiro para trazer mamãe e os irmãos. Aqui a paisagem é mais exuberante, com os morros cobertos de matas, as frutas são muito mais saborosas e faz calor mesmo no inverno. Nunca me dei muito bem com o frio.

Acho que D. João também gostava imensamente de morar nesta terra. De além-mar, chegavam cartas dizendo: "Volta para Lisboa que queremos o nosso rei em casa." E ele fazia ouvidos moucos, fingia que era surdo e não arredava pé. Napoleão tinha perdido a guerra fazia tempo. D. Maria I, A Louca, havia morrido e agora ele era o soberano, D. João VI. Portugal queria seu rei de volta. Até que não deu mais para adiar, e a família imperial teve de voltar para casa. Fofocam que a única que estava contente de ir embora era a chata da esposa espanhola de D. João VI, Carlota Joaquina, que antes de subir no barco bateu os sapatinhos no casco do navio e disse: "Desta terra não levo nem o pó." Que antipática!

Mas não voltaram todos, restou um, justamente o herdeiro. D. Pedro já não era um menino, há muito tinha bigode, como eu, que já sou adulto. Aos 23 anos, o infante tornou-se príncipe regente do Brasil.

E os livros? Tanto tempo depois da vinda da família imperial para o Brasil e D. João VI continuava o mesmo indeciso.

O rei havia ficado no vou ou não vou, e na hora de ir sobrou pouco tempo, de novo, para fazer as malas. Foi assim que a Real Biblioteca ficou aqui, e eu com ela. Vai-se o rei, ficam-se os livros e o filho.

Um século depois da vinda da Real Biblioteca para o Rio de Janeiro, sopramos as cem velinhas do bolo, e foi inaugurado um prédio especialmente construído para ela. Agora a chamamos de Biblioteca Nacional, porque não pertence mais a um rei e sim aos brasileiros.

Desta vez, os livros não vieram de navio; foram transportados em mais de mil viagens de caminhão. Fico abismado com essa modernidade de carros sem cavalo movidos a combustível.

Eu estou com... deixe-me somar... 111 anos. É claro que não seria possível um velhinho tão longevo. Ih, Ih, Ih. É que não consigo ficar longe destes livros, então, quando o meu corpo foi para a terra dos pés juntos, fiquei por aqui lendo os romances de Machado de Assis, folheando o exemplar raro da Bíblia de Mogúncia, vendo as fotografias da coleção de D. Pedro II. Isso é que é vida, ou melhor, morte!

Essa coleção agora é o nosso tesouro. Nosso, pois, depois de tantos anos aqui, já sou de alma brasileirinho e, como não queremos correr o risco de perdê-la, todos os cuidados com a segurança foram tomados. Quem já carregou livros na mochila sabe como são pesados, por isso imaginem o peso de toneladas deles! Foi uma excelente ideia construir a estrutura do prédio de aço para aguentar esse peso.

As estantes e os móveis são de metal para proteger os livros do fogo e dos insetos. Traças e cupins são gulosos comedores de madeira e papel. Não sou biólogo, mas posso atestar que nunca se viu esses ou outros insetos roendo metal.

E o piso dos armazéns onde são guardadas as obras é de vidro. Todo cuidado é pouco para evitar incêndios.

Pelo que parece, esses livros, mapas, desenhos, revistas e jornais finalmente chegaram ao palácio deles e daqui não vão mais sair. Nem eu! Ih, ih, ih...

Biblioteca Internacional da Juventude

Zuuu, zuu, zuu... SLEPT. Comi uma mosca. O que eu posso fazer? É meu instinto. Zuuu, zuu, zuu... SLEPT! Comi outra mosca. Com umas trinta mosquinhas, fico de barriga cheia. Vou papando-as enquanto espero a princesa da bola de ouro chegar. Sei que ela vem. Você conhece esse conto? Eu conheço bem: cada vez que abrem a página do livro *Os mais belos contos de fadas dos Irmãos Grimm*, vivo tudo de novo. A bola cai no lago, vou lá no fundo buscá-la e em troca a princesa promete ficar sempre juntinho de mim. Só que ela tem nojo de sapo (é isso que sou, um sapo verde e gorducho) e não cumpre o combinado. Mas trato é trato, combinou tá combinado, assim assado, frito ou ensopado. Vou atrás dela, é o meu destino. No final, tem aquele SMACK, beijo roubado, e me transformo em um lindo príncipe. E vivemos felizes para sempre. Ponto final. Aí o livro é fechado e tudo volta a ser como antes, para outra criança virar as páginas e encontrar SLEPT, uma língua comprida comendo moscas de um sapo verde e gorducho que está esperando uma princesa que ele sabe que já vai chegar.

Era assim até hoje quando fiz uma estrepolia. Virei as páginas do livro bem devagarzinho e escapuli para fora. Vai ser só por uma noite, enquanto conto esta história. Antes de o sol nascer, volto para o livro e escorrego para dentro do meu conto "O sapo e a princesinha".

Esta história começa assim: há não muitos anos, vivia na Alemanha uma moça chamada Jella Lepman. Ela era viúva e tinha dois filhos. Foi quando chegou a guerra. Jella era judia, e os judeus estavam sendo perseguidos na Alemanha. Ela então juntou o que conseguiu e fugiu com os filhos para a Inglaterra. E lá ficou em segurança.

Os anos se passaram, e a Alemanha perdeu a guerra que ela mesma havia começado. O país estava destruído, muitas outras mulheres haviam ficado viúvas, e muitas crianças órfãs. Nessa época, convidaram Jella a voltar e ajudar o país a se recuperar.

Os amigos dela disseram assim:

– Não vai, não. Os alemães expulsaram vocês e mataram tantas pessoas indefesas. Por que você vai ajudá-los?

– Vou porque existem mulheres e crianças que precisam. Vou porque é assim que eu sou – Jella respondeu. E foi o que fez.

Ela voltou. E andando pelos destroços da guerra viu os prédios bombardeados – escolas, hospitais, casas – e, nas ruas, pessoas muito tristes. Queria que aquilo nunca mais voltasse a acontecer. E se a diferença entre as pessoas fosse vista como riqueza, e não como ameaça? E se as crianças conhecessem histórias de outros povos e culturas? Um mundo melhor não era um mundo todo igual. O diferente era divertido, curioso, interessante.

Jella não podia mudar o passado, mas o futuro ela poderia tentar. Para realizar seu plano, levaria livros com as mais diferentes histórias para as crianças que tinham perdido quase tudo. Com eles, iriam a esperança, os sonhos, as experiências de outras pessoas. Se as crianças conhecessem histórias de outros povos e culturas, veriam que o mundo não é, e nem deve ser, todo igual. Que, diferente, ele é melhor, mais curioso, mais interessante.

No começo, havia poucos livros disponíveis, então Jella arquitetou uma exposição em um ônibus que rodou pelas estradas levando na bagagem quatro princesas, dois reis, uma bruxa malvada, uma maçã enfeitiçada, um menino do tamanho de um polegar, um príncipe encantado, uma menina de tranças compridas que gastava um tempo sem fim penteando-as, um pé de

feijão que ia crescendo tanto que saía pelas janelas em direção ao céu, uma mamãe gansa, um patinho muito feio, um ovo falante, um rouxinol, um príncipe garboso e eu.

Quando chegávamos às cidades, meninos e meninas abriam os livros, e a fantasia voltava para aquele lugar. As crianças queriam nos levar para casa, ler nossas histórias uma, duas e muitas vezes, mas os livros tinham que continuar sua viagem. Existiam outros meninos em outras cidades.

A Alemanha precisava, naquele momento, de mais livros infantis. Jella então teve a segunda boa ideia. Escreveu muitas cartas para amigos, escritores, editoras e pessoas importantes de outras partes do mundo, sempre com o mesmo pedido: mandem livros para nós.

As cartas comoveram ingleses, franceses, suíços, holandeses, americanos... Uma delas chegou até a primeira-dama dos Estados Unidos – Eleanor Roosevelt, esposa do presidente americano Franklin Roosevelt e uma das fundadoras da Organização das Nações Unidas –, que também se emocionou e quis ajudar.

E foi assim que os livros começaram a chegar dos países vizinhos, de além-mar, de cantos recônditos do mundo. Recônditos quer dizer escondidos – sou um sapo culto, não acham? Jella encontrou uma casa em Munique para abrigá-los. Tantos livros diferentes despertaram a atenção dos mais velhos, os adultos também ficaram curiosos.

– Será que existem contos de fadas com cangurus na Austrália?

– Como deve ser a tecla do computador do escritor chinês, para digitar ideogramas?

– Nossa, no Japão há um conto em que o nariz do homem vai crescendo, crescendo, até chegar aos céus! Será que o autor do Pinóquio conhecia essa história?

Os anos se passaram, a coleção cresceu tanto que a biblioteca se mudou para uma casa bem maior, um castelo! E lá fomos nós!

O castelo de Blutenburg era bem antigo, havia sido construído em 1435, antes do descobrimento do Brasil. Fiquei pensando se ele estava abandonado e se teria gigantescas teias de aranha, o que seria péssimo para mim, porque aranhas e sapos são concorrentes, ambos comedores de mosquinhas, mosquitos e outros insetos apetitosos. E princesas são enjoadas com poeira. Mas que surpresa, quando o avistamos, o castelo era perfeito!

– Tem uma torre, é tudo o que eu preciso – comemorou Rapunzel, e já foi jogando as tranças.

– E nas torres tem fendas para atirar as flechas – percebeu o arqueiro do rei, personagem que recentemente tinha se incorporado ao grupo e, como todo bom arqueiro, estava preocupado com a segurança.

Um príncipe que vinha montado em seu corcel branco saltou do cavalo e o amarrou a uma frondosa macieira que estava toda florida.

– Um lago! – exclamou o Patinho Feio, que estava com saudades de água. Ele vinha da Dinamarca e por isso achou a temperatura muito agradável e própria para o nado. Ele e seus irmãos patinhos amarelos em um piscar de olhos estavam deslizando na água, batendo as patinhas.

Ao redor do castelo, há um enorme gramado verdinho, minha cor predileta – nem preciso explicar o porquê.

Para evitar brigas e confusões, as bibliotecárias determinaram onde cada livro iria ficar. Na porta, foi afixada uma placa: Biblioteca Internacional da Juventude de Munique.

Isso foi em 1983, décadas atrás. Desde então, a biblioteca só fez crescer. Hoje, nas estantes do castelo, estão mais de 500 mil livros para crianças e jovens. É a maior biblioteca para crianças no mundo!

Nas prateleiras, os livros contam histórias em 120 idiomas diferentes, para que toda criança que entre em nosso castelo possa pedir ao bibliotecário um livro na sua própria língua. Na prateleira do Brasil, a boneca Emília está tagarelando ao lado do Menino Maluquinho.

Vou contar um segredo ao pé do ouvido: o castelo tem passagens secretas, acho que o Harry Potter as usa. Outro segredo: antigamente, como os desenhos coloridos não eram tão bem impressos como hoje, o que faziam os ilustradores mais exigentes? Retocavam ilustração por ilustração, livro por livro, um por um. Esses livros são raros. Sabem onde os bibliotecários do castelo os guardam? Nas galerias subterrâneas.

Coaxando bem baixinho para não acordar ninguém, fui lá esta noite xeretar esses e outros livros raros. Me lembrei do João Felpudo: "Olhem só quem aqui está, com seu cheiro de amargar. Foge do banho, da água e do sabão. Cabelos emaranhados, sem pentear. Unhas enormes, não as deixa cortar. João catinguento é de dar dó. Urgh, fedido como ele só". Fiquei torcendo para não esbarrar com ele no caminho. Desci aos pulos os degraus, sapos são bons saltadores, e vi o primeiro livro que emite sons, feito para crianças pequenas. A gente puxa um barbante e o livro imita os sons do boi, da galinha e do cuco, o passarinho que surge de dentro do relógio anunciando as horas.

Cuco, cuco, cuco... Ih, tenho que me apressar! Não vou virar abóbora, mas já é hora de voltar para as minhas páginas, onde uma princesa me espera.

• • •

Biblioteca de Basra

Nos tempos dos califas, um pobre carregador parou para descansar do seu árduo trabalho junto à morada de um rico comerciante. Enxugando a testa molhada de suor, praguejava:

– Como pode haver tanta injustiça no mundo? Como posso ser eu um pobre miserável enquanto existem outros tão ricos, como este que mora nesta casa?

Ao escutar seu lamento, o senhor da casa pediu que ele fosse trazido para dentro, onde foi revelado que os dois, por coincidência, chamavam-se Simbad. O Simbad comerciante diz ao Simbad carregador que ele já havia sido pobre, que se tornou rico por "fortuna e destino", e se oferece para contar-lhe a história de suas viagens maravilhosas, que começam assim:

– Minha família tinha posses, mas eu fui tolo e dilapidei a herança que recebi. Sobrando-me apenas um saco de moedas de ouro, investi comprando mercadorias e decidi tentar a sorte como comerciante num navio que saía do porto de Basra. Após um tempo de viagem, o navio aportou numa ilha. Saltamos todos pensando estar em terra firme e qual não foi a nossa surpresa quando "a ilha" revelou-se ser uma gigantesca baleia adormecida. Há tanto tempo dormia o cetáceo que em seu dorso cresciam árvores!

O Simbad carregador que a tudo escutava arregala os olhos e o outro Simbad prossegue o relato:

– O animal despertou com uma fogueira acesa pelos marinheiros que lhe queimava a pele, e mergulhou, desaparecendo nas profundezas.

– E vocês?

– Imagina o corre-corre! Muitos conseguiram voltar a bordo. Mas, na confusão, o navio se afastou, e fui abandonado sozinho no mar, agarrado a uma tina de madeira.

Esse é o comecinho da primeira viagem de "As aventuras de Simbad, o marujo". Essa história estava dentro de um livro com lindas ilustrações chamado *As mil e umas noites*, que meu pai me contava à sombra de uma árvore. As sete aventuras além-mar vividas por Simbad, o marujo, partiam sempre do mesmo local: o porto de Basra. Basra é a cidade onde eu, Alia Muhammad Baker, nasci, no Iraque.

Desde que eu era uma menina pequena, os livros me faziam companhia. Foi neles que aprendi que *potamós*, em grego, quer dizer rio (por isso hipopótamo: cavalo – *híppos* – de rio) e que onde hoje é o Iraque, meu país, já foi a Mesopotâmia, a "terra entre dois rios". Basra tem o intenso calor do deserto, mas é banhada pelas águas dos rios Eufrates e Tigre, que desaguam no mar.

Ouvindo "As aventuras de Simbad", me sentia intrépida e corajosa, como o marinheiro... Eu era baixinha, mas imaginava que seria capaz de enfrentar o gigante com garras longas como as das feras e orelhas do tamanho das

de um elefante. A primeira história que me assustou de verdade foi uma que aconteceu no século XIII, a da destruição da Biblioteca de Nizamiyah em Bagdá. Contam que os invasores mongóis e seu terrível líder, Hulagu Khan, neto de Gengis Khan, incendiaram o prédio da Biblioteca e lançaram tantos livros no leito do rio Tigre que as águas ficaram manchadas de tinta azul-escuro por meses.

Assim como Simbad, eu desejava zarpar para outras terras. Mas, para mim, navios nunca foram necessários: o mundo estava na biblioteca, dentro dos livros. No Alcorão, a bíblia dos muçulmanos, a primeira coisa que Deus diz ao profeta Maomé é: Leia. Viver, para mim, é estar rodeada por livros. Por isso me tornei bibliotecária. E, em pouco tempo, chefe da Biblioteca de Basra.

A Biblioteca era um ponto de encontro entre todos os que amavam os livros.

Lá se discutia todo o tipo de assunto, da matéria e do espírito. Até o dia em que começamos a ouvir rumores anunciando que uma guerra estava por vir. Todos ficaram muito preocupados.

– Vai faltar comida?

– Vão destruir as nossas casas?

– Como vamos proteger as crianças?

– O que vai acontecer conosco?

Lembrei do terrível Hulagu, que havia destruído a antiga biblioteca, e pensei: "de novo, não!" A Biblioteca era o meu tesouro, eu precisava salvá-lo. Então fui falar com as autoridades iraquianas e pedir permissão para levar os livros para um lugar seguro. Não sei por que motivo eles deram de ombros e negaram, sem qualquer explicação.

Voltei para a Biblioteca e olhei as estantes. Livros em árabe, em inglês, um Alcorão em espanhol, livros novos e antigos e até uma biografia de 700 anos de idade do profeta Maomé – todos estavam em perigo. Foi quando tomei a decisão... Noite após noite, escondida, pegava um monte de livros, punha no carro e guardava-os em casa. Era um trabalho de formiguinha. E não havia muito tempo.

As notícias eram as piores, a guerra iria começar. Escritórios do governo foram transferidos para o prédio da Biblioteca, e uma arma antiaérea foi colocada sobre o telhado. Mas eu sabia que livros junto de armas era ainda mais perigoso.

Quando o Iraque foi invadido, os céus ficaram cheios de aviões e bombas, os tiros pipocavam no ar. Os funcionários do governo fugiram correndo e a Biblioteca ficou sozinha, abandonada. Em poucas horas, os móveis, tapetes e luminárias foram saqueados. Em breve, começariam a roubar os livros. E eu estava sozinha. Mas não tão sozinha assim, graças a Alá.

Ao lado da Biblioteca, ficava um restaurante cujo dono era meu amigo. Gritei:

– Anis Muhammad, me ajude!

Anis chamou seus irmãos e funcionários:

– Vamos ajudar a senhora Alia, ela precisa salvar os livros.

Eles não foram os únicos a me socorrer. Vizinhos do outro lado da rua se juntaram ao grupo: vieram Jalal, Leila, Rashid e Samar. Rasguei as cortinas da Biblioteca, e as transformei em trouxas de tecido. Fouad, o vendedor de sapatos, veio com o filho. O senhor Ahmed, da loja de maquiagens e perfumes, trouxe sacos. Said, da loja de temperos, chegou com cestos. E todos trouxeram as mãos e a vontade de ajudar.

Fomos passando os livros por cima do muro e empilhando-os no restaurante do senhor Muhammad, onde ficariam sãos e salvos, pelo menos naqueles dias. Algumas das pessoas que ajudavam não tinham tido a oportunidade de ir à escola, não sabiam ler ou escrever, mas sabiam que os livros eram preciosos. Trabalhamos duro a noite inteira e também na manhã e na tarde seguintes.

E então, poucos dias depois, a Biblioteca pegou fogo antes que todos os livros pudessem ser salvos.

Na noite do incêndio, Anis Muhammad pediu ajuda a uma patrulha britânica, mas eles não fizeram nada. No dia seguinte, soldados bateram à porta do restaurante, e o coração do sr. Anis disparou.

– O senhor tem armas? – perguntou o soldado.

– Sim, mas apenas para proteger o meu negócio – respondeu o sr. Anis, prendendo a respiração de medo. E se os soldados quisessem revistar o restaurante e achassem os livros? Mas isso não aconteceu.

Ao todo, 30 mil livros haviam sido salvos. Mas eles não podiam ficar no restaurante. Como Anis Muhammad iria servir seu delicioso quibe frito ou as porções de pão pita, coalhada seca, homus e babaganuche se a Biblioteca ocupava todas as cadeiras, mesas e tomava o assoalho e o balcão?

Todos os dias, eu olhava pela janela torcendo para não ver os aviões no céu nem ouvir os estampidos das armas. Até que um dia as coisas se acalmaram. Eu sabia que era apenas uma curta trégua, o conflito parecia ainda não estar próximo do fim. Quando achei que era seguro, meu marido e eu alugamos um caminhão, recolhemos os livros e saímos distribuindo-os entre os funcionários da Biblioteca e amigos de confiança. Para a minha casa, foi a maior quantidade.

Em meu bairro, ouvia boatos de que eu era uma saqueadora. Ora, vejam só!

Ao entrar em casa, havia livros empilhados por todos os cômodos. Livros dentro dos armários, empacotados em sacos de mantimentos, debaixo das camas, atrás das portas, em cima dos sofás e mesmo dentro de uma velha geladeira. Algumas pilhas de livros eram mais altas do que eu.

Um dia, lembrei-me dos sumérios, criadores da primeira língua escrita do mundo, que viviam onde hoje é o Iraque. Eles escreviam em tabletes de argila, que eram cozidos no sol. Barro resiste ao fogo, mas quebra. Fiquei rindo sozinha. Ainda bem que os livros da Biblioteca de Basra são de papel; se fossem de argila, aí que a minha coluna não iria aguentar, pensei.

A coluna aguentou, mas ver os livros que não conseguimos resgatar queimando foi muita emoção para o meu coração. Tive um derrame – às vezes a tristeza nos deixa doente. Nas ruas, nas cidades, no Iraque, a guerra perdurou por onze anos. Muito tempo, muito tempo, mesmo. Os livros esperaram pacientemente, e eu também. Havia decidido: só iria me aposentar quando a Biblioteca fosse reconstruída. E ela foi!

GUARANY
ROMANCE BRASILEIRO
1857

Biblioteca do Mindlin

Todos os livros raros têm uma história, a minha começa assim: vim ao mundo em 1857, quando as ruas do Rio de Janeiro eram iluminadas por lampiões a gás e circulavam os primeiros bondes puxados a cavalo – uma modernidade! Tenho mais de 150 anos, mas estou muito bem conservado. Minha capa está um pouco amarelada, confesso, coisa à toa, mas nenhuma traça se aventurou a roer as minhas folhas. Como se dizia antigamente: estou nos trinques, fazendo inveja a muito livro novinho que no primeiro leitor já tem várias orelhas (aquelas dobrinhas no canto das folhas que alguns leitores fazem para marcar páginas, como se ainda não houvesse sido inventado o marcador de livros).

Fui escrito por José de Alencar, que me deu o título de *O Guarany*. O meu primeiro leitor foi um rapaz que gostou muitíssimo do romance e me presenteou à namorada, uma senhorita muito bem-apessoada, que por sua vez me emprestou a uma amiga, que nunca me devolveu. E assim fiquei em uma estante anos a fio e adormeci. Despertei cem anos depois, foi uma cochilada de um século, espero não ter roncado muito, nem alto. Acordei nas mãos de um livreiro grego (que coisa estranha), que tentava me vender em um leilão no Rio de Janeiro. Mas, como ninguém pagou o preço, voltei para a maleta do livreiro e fomos embora pelo mundo. Depois eu soube que, sim, havia alguém que me queria muito, um colecionador chamado José Mindlin. Quando ele soube de mim, foi atrás do grego, que já tinha sumido do mapa.

Mindlin passou dez anos como um detetive tentando nos achar, até que descobriu que estaríamos em outro leilão, agora na Inglaterra. O que ele fez? Ligou para um conhecido e disse: "Compra esse livro para mim de qualquer jeito." E o conhecido comprou? Não. Passaram-se mais sete anos e reaparecemos, eu e o grego, em Paris. O colecionador, que me queria muito, foi para lá e negociou. O grego pedia um valor e Mindlin regateava, ele propunha outro, Mindlin não aceitava, e assim ficaram nessa disputa de vendedor e comprador, até que se acertaram e finalmente eu era dele. E ponto final!

Que nada! A aventura não para por aí. Mindlin voltou comigo no colo, no avião, como uma criança com um brinquedo novo. Ele ia para São Paulo e trocou de avião no Rio. Quando foi ver, tinha me perdido. Não sabia como.

Devia ter adormecido (ah, éramos dois dorminhocos...), eu caí no chão e ele não viu. Mindlin falou com a aeromoça, com o comissário e até com o piloto. Ninguém sabia de nada. E, depois de 17 anos à minha busca, ele foi para casa de mãos vazias.

Os otimistas falam: "As coisas sempre terminam bem; se não estão bem, é porque ainda não terminaram." Talvez eles tenham razão. Por sorte, três dias depois me acharam: eu, muito danado, tinha ido parar sozinho em Buenos Aires. Vê se pode!

– Às vezes, fico imaginando por onde cada livro andou. Em que estante esteve guardado, quem o leu primeiro, por quantos leitores passou. Livros muito antigos devem ter histórias para contar, histórias que ninguém nunca vai saber – era o que Mindlin falava com seus botões, enquanto admirava a sua grande estante predileta de livros brasileiros, onde agora eu moro.

Ele poderia ter apenas os livros que conseguisse ler, comprando um de cada vez, e só comprando o seguinte depois de ter lido o anterior. Mas não foi o que aconteceu. Os livros o atraíam como um ímã a um ferro.

– Meu Guarany, quando dei por mim, estava perdido. Fico enlouquecido para possuir determinados livros. É como se fosse uma doença, mas que no lugar de me fazer mal, me faz sentir bem. E é incurável. Que bom, eu nunca vou sarar!

Essa "mania" começou cedo, quando ele ainda vestia calças curtas. Antigamente só se usava calça comprida aos 14 ou 15 anos, como sinal de maturidade. Mindlin, aos 13 anos, já visitava as livrarias que vendem livros usados, os sebos. Como não tinha mesada, inventou um negócio: comprava os livros onde eles eram mais baratos e os colocava à venda onde valiam mais. Com o lucro, comprava livros para si, e um dia comprou um livro bem velhinho, achando que tinha feito o maior negócio.

Depois Mindlin descobriu que nem todo livro velho é raro. Aliás, não me chamem de velho, que eu não gosto, vou logo avisando! Sou antigo, o que é muito diferente!

O que faz, então, um livro ser raro, assim como eu? Ser um dos únicos, por exemplo. Sou uma primeira edição e, do meu ano, só existem três livros até hoje.

Mindlin procurou a vida toda a primeira edição de um livro que descrevia as riquezas do Brasil, publicado em 1711. Como os portugueses não queriam que ninguém soubesse o que tinha de valioso nas terras deles, para não virem para cá roubar, mandaram destruir a edição. Mas uns poucos exemplares sobraram escondidos. Imaginem como é difícil encontrar um deles trezentos anos depois! É um trabalho para um superdetetive.

Às vezes o livro é raro porque tem uma dedicatória ou até um erro. Um dos maiores escritores brasileiros, Machado de Assis, que era muito sério, escreveu em um livro que o carinho que ele tinha a um amigo lhe cegara o juízo, o tinha deixado cego. Mas na hora de imprimir, vejam só, erraram e, no lugar do E de cegara, escreveram um A. O que ficou dito foi que o carinho que ele tinha, com todo o respeito, cagara o juízo. Machado deve ter ficado vermelho de vergonha e de raiva. Corrigiram todos os exemplares, ou quase todos, porque na Biblioteca do Mindlin tem o livro raro com esse erro!

– Guarany, adivinha o que eu tenho entre as obras raras? – Mindlin me falou um dia, sorrindo. – Tenho três incunábulos, lá, rá, li, lá, rá...

– Incu o quê? – quis saber. Êta, que palavrinha difícil. Será que era o nome de uma pessoa? Ou um adjetivo, um xingamento, como "seu incunábulo"? Ou o nome de um lugar?

– É natural você não saber o que são os incunábulos, muita gente não sabe, que dirá um livro que foi impresso mais de trezentos anos depois deles.

"Ah, a primeira pista: é algo antiquíssimo", pensei.

– Mas todos os colecionadores conhecem os incunábulos e vivem atrás deles. Sou um sortudo de ter três! Lá, rá, li, lá, rá...

E Mindlin me contou que, antes de 1455, todos os livros eram escritos à mão. Até que um alemão chamado Gutenberg teve a brilhante ideia de fazer um mecanismo em que cubinhos com as letras em relevo eram montados formando as palavras. Passava-se tinta nas letras, colocava-se em cima delas uma folha de papel e... surpresa: o texto era imprensado, como em um carimbo! Demorava um tempão para fazer uma página. Qual a vantagem?,

as pessoas perguntavam. A vantagem é que depois podiam ser feitas várias cópias num piscar de olhos. Os incunábulos são os livros impressos no século XV, século da invenção da prensa (era assim que se chamava a invenção de Gutenberg). Os incunábulos foram os primeiros livros impressos do mundo!

– Nossa, Mindlin, você tem três livros com... deixa eu contar nas minhas folhas, já que não tenho dedos... com mais de quinhentos anos! Uau!

Além de livros antigos, Mindlin tem várias gravuras e manuscritos, livros e documentos escritos à mão. Tem uma coleção de 29 diários da Condessa do Barral, que estão juntinhos de trezentas cartas de D. Pedro II. Essa coleção é rara e fofoqueira. Nosso imperador, D. Pedro II, conheceu sua noiva por retrato, porque Teresa Cristina era princesa do reino da Sicília, lá na Itália. Naquela época, não tinha Photoshop, mas os pintores fizeram um retrato da noiva bem melhorado. Quando ela chegou ao Brasil, ui, que decepção, ui, que tristeza... (ela era meio feiosa). Naquela noite, D. Pedro II choramingou com a antiga tutora: “Eles me enganaram Dadama.” Foram necessárias horas para convencê-lo de que o dever exigia que ele seguisse em frente com o matrimônio. Depois do susto... eles se casaram, tiveram filhos e viveram juntos para sempre. Mas, então, quem é a Condessa do Barral? Ah! Uma

escapulida do imperador. Em um dos diários, está escrito: "Você se lembra que lá estivemos juntos?" E o Imperador responde: "Ô se me lembro, e como!" Livros e documentos antigos podem contar coisas do arco-da-velha!

Diferente do nosso imperador, Mindlin se apaixonou à primeira vista por Guita, sua esposa e companheira da vida inteira. Para nós, os livros, foi uma sorte, porque Guita, também já falecida, era uma ótima restauradora. Era ela que nos consertava, com todo o cuidado. Guita nunca brigava com o marido quando ele trazia mais um livro para dentro de casa. E olha que ele trouxe muitos, muitos mesmo.

Sabe quantos livros fazem parte da imensa biblioteca? Mais de 45 mil! Uma vez, Mindlin estava em Roma e perguntou quantos livros tinha a Biblioteca do Vaticano. O bibliotecário respondeu que não sabia, pois mediam por quilômetros.

– Se fossem postos em pé, um ao lado do outro, meus livros fariam uma fila de dois quilômetros, eu acho – riu Mindlin. Por isso ele dizia: – Não somos nós que temos a biblioteca, é ela que nos tem, tão grande ela ficou.

• • •

Biblioburro

– Sou Alfa.

– E eu, Beto.

– Quando andamos juntos nos chamam de Alfabeto. Somos uma dupla de burros, do mundo das letras. E vamos contar a nossa história.

– Quem conta, eu ou você? – perguntei.

– Conta você que é mais desinibido – retrucou o Beto.

– Não sei por que se diz que quem não tem inteligência é burro. Nós jumentos somos bem espertos. Os engenheiros, pessoas estudadas, muitas vezes precisam da nossa ajuda. Eles nos soltam nas montanhas e vão atrás marcando a trilha que depois vai virar estrada. Os burros já nascem com GPS e sempre acham o melhor caminho. Está aí uma prova de como somos sabidos!

– É mesmo! O nome "burro" veio do latim *burrus*, que quer dizer vermelho. Antigamente, os dicionários tinham capas vermelhas, dando a ideia de que os burros eram sedentos de saber.

Não é para contar vantagens, mas eu e Beto somos os burricos mais espertos da Colômbia: carregamos no lombo uma biblioteca. Os livros normalmente ficam paradinhos nas estantes, mas não os nossos. Somos uma biblioteca andante, que se move sobre oito patas. E se chama... Biblioburro.

Chegamos a carregar até 120 livros no cangote. Ainda bem que a maioria são fininhos. Mas as enciclopédias... Ui, que pesadas! E junto deles vai montado o nosso dono, o professor Luis Soriano.

Nascemos os três, eu, Beto e o professor, em uma cidadezinha colombiana chamada La Gloria. No quintal das casas, vive todo tipo de animal: galinhas, cães, patos, vacas, papagaios e nós, os burros. Mas o único morador da região que possuía uma biblioteca era o nosso dono. Ele tinha setenta livros e achou que era justo dividi-los com os vizinhos e com outros que moravam não tão pertinho.

– Não tão pertinho? Conta a verdade, Alfa. Às vezes, chegamos a andar dez quilômetros em um dia. Melhor dizer longinho...

– É verdade. Quando o professor fala "Se apure, Alfa, porque o caminho é longo", ai, me dá uma preguiça... Três, quatro horas de ida mais três, quatro horas de volta. Ufa! E quando o Beto empaca... Aí não se sabe quem está no comando.

Um empurra e o outro não vai. O professor precisa puxar as rédeas com força e olhar feio para que o teimoso se anime a voltar a andar. Pocotó, pocotó.

– Que é isso?

– É o barulho da gente andando, ué.

– Ah, mas não é mesmo – Beto ficou indignado. – Assim é cavalo. Burro andando faz tacatac, tacatac, tacatac.

– Então, estamos combinados. Posso continuar?

Tacatac, tacatac, tacatac. O caminho não é retinho como uma estrada, isso é que não. Subimos encostas, pisamos na lama, atravessamos capinzais e riachos. Mas quando os *guayacán trees* estão floridos, acho tão lindo que nem me dou conta da distância.

– Que jeguezinho romântico. Está se inspirando nos livros de poesia que carrega.

– Beto se diverte troçando de mim. Quando chegamos nos pequenos povoados, é comum estarmos, eu e Beto, com a cara e a barriga sujas de terra. As crianças vêm correndo quando nos escutam por perto. Aparece menino e menina de tudo o que é canto. Elas gritam que a Biblioburro chegou.

As pessoas, muito educadas, oferecem café da manhã para o professor, pois sabem que a nossa viagem começou antes do raiar do sol. E nós ficamos na sombra pastando, mas é delicioso quando ganhamos de surpresa um presente: uma cenoura ou maçã nos faz lamber os beiços.

Em La Gloria, a previsão do tempo é constante: céu azul e sol. Luis Soriano se protege do calor usando um largo sombreiro, mas infelizmente ainda não inventaram um chapéu para burricos. Nós nos refrescamos quando Luis conta as histórias da neve, que trazem um ar geladinho.

"Na Antártida, o continente mais frio do mundo, onde a temperatura congelante chega a cinquenta graus negativos, vive o pinguim imperador..." Ele lê, e as crianças olham com curiosidade a fotografia dessa ave que não voa, mas sabe nadar, e que quando adulta tem a mesma altura que elas e um andar cambaleante. Parece que o pinguim veste paletó.

Uma das vantagens de ser burro e ter orelhas grandes é usá-las para escutar histórias. Relincho forte para o professor saber que eu e as crianças queremos ouvir mais outra. Ele entende e começa: "Há muitos e muitos anos..." E de dentro dos livros pulam gigantes, tartarugas falantes, princesas que cabem na palma da mão e heróis intrépidos.

Depois de ouvir os contos, as crianças podem escolher livros na estante que vai pendurada no nosso lombo. Elas fazem bagunça, e o Luis precisa vir arrumar direito; como uma balança, um lado não pode ficar mais pesado do que o outro senão lá vou eu, todo torto seguindo pelo caminho.

Uma menina de tranças compridas lê em voz alta um livro de poesia: "Ela foi além de onde estão os céus e disse à lua: *au revoir*. Que travessa ter voado tão longe sem a permissão de papai."

Ao fim das leituras, todos sempre querem saber quando voltamos. Luis brinca que em breve, porque afinal não vai além dos ceús, só para trás das montanhas, e as crianças se despedem levando um livro para casa.

Há perigos inerentes ao se aventurar por estas terras. Uma vez, bandidos nos surpreenderam no cruzamento do rio e amarraram Luis Soriano a uma árvore. Eles queriam dinheiro, mas o professor não tinha quase nada. Por fim, roubaram só um livro de um autor de best-sellers.

– Alfa, o que são best-sellers?

– Ora, Beto, são os livros que mais vendem. Um burro sabido como você deveria saber inglês.

Mas voltando, para evitar novas surpresas, o professor escreveu em letras bem grandes azuis BIBLIOBURRO, para que os bandos que atacavam estas cercanias lessem a placa e nos deixassem passar.

– E se eles não soubessem ler?

– O Beto é um burro que gosta de complicar. Se os bandidos não sabem ler, deveriam aprender com o professor – respondi. – Quem sabe assim não deixam de ser quem são e viram mocinhos?

Nessas viagens, conhecemos muita gente legal, como Luisa, que aprendeu a ler conosco e agora ensina aos pais. Ela é magrinha e pequena, mas tem muitas palavras dentro dela. Juancho é outro. Ele lê as cartas que o pai recebe, para que o pai não fique sem saber o que dizem. Já a Gina conta histórias para o irmãozinho.

Hoje já são muitos livros, quase 5 mil. Eles foram chegando de outros lugares. Era gente que ouvia sobre a Biblioburro e queria ajudar. Luis apareceu até dando entrevista em um programa de TV que nos filmou. Diana, esposa do professor, penteou as nossas crinas para aparecermos garbosos na TV. Eu e Beto devemos ser famosos, pena que em La Gloria não tenha televisão.

Já faz mais de dez anos que percorremos os campos até os povoados. No começo, as pessoas achavam uma esquisitice um homem, dois burros e um monte de livros, e caçoavam da gente. Os burros daqui sempre carregaram vasilhames de leite, sacos de mantimento, farinha, areia, cimento. Nenhum deles carregava sonhos, paisagens diferentes, letras. Mas o professor não ligava. Todo final de semana escolhia os livros que ia levar para passear, e pé na estrada. Tacatac, tacatac, tacatac.

Luis foi contando histórias, ensinando as crianças a ler e levando livros para cá e para lá, e hoje já não zombam mais de nós. Todos já sabem que um homem, dois burros e um monte de livros são uma biblioteca. Hi-ho.

• • •

Biblioteca-Parque da Rocinha

Eu moro na Rocinha. Uma vez, o meu amigo Kleiton desenhou o nosso bairro assim: pintou primeiro um morro, depois passou um tempão desenhando casinhas, uma do lado da outra, em cima, embaixo, de um lado e de outro da montanha, e em algumas pôs um balcão ou um letreiro, pois eram as lojas. Era tanta casinha que ele deve ter ficado com a mão cansada (e olha que gente tinha ainda mais do que morada). Lembrei-o dos cachorros, todo mundo adora cachorro, e o Kleiton os desenhou tomando sol nas lajes e passeando pelas ruas. Finalmente, ele olhou tudo e disse assim:

– Stephanie – este é o meu nome –, essas casas vão precisar de eletricidade.

Isso era certo, um dia faltou luz e eu bem perdi a novela das oito. Kleiton, na mesma hora, fez os postes, e em cada um rabiscou um emaranhado de fios. Antes de terminar, com a canetinha cor de rosa, marcou uma janela, para que eu soubesse qual era a minha casa. E me deu o desenho, que colei na parede do quarto.

A Rocinha é tão grande que parece uma cidade dentro da cidade do Rio de Janeiro. Para o carteiro e as pessoas se acharem, o bairro foi dividido em 25 sub-bairros, alguns com nomes engraçados, como o "Faz de Pressa" (lá as casas eram construídas do dia para a noite), o "Roupa Suja" (onde antigamente tinham nascentes de rios e as pessoas iam lavar as roupas), o "Dioneia" (onde havia plantas dioneias, que são carnívoras, almoçam pequenos insetos) e o "Trampolim", assim chamado porque lá se disputava, muito antes de inventarem a Fórmula 1, a corrida "Trampolim do Diabo", em que as velozes baratinhas, carros gorduchinhos que lembravam as cascudas, corriam em um percurso de curvas sinuosas e perigosas. Tinha um corredor italiano, Carlo Pintacuda, que virou um ídolo carioca! Foi até composto um samba para ele, que meu avô cantava imitando a forma de falar de um gago:

"Ta-ta-ta tá na hora
Va-va-va vale tudo agora
Sou mo-mole pra fa-falar
Mas sou um Pintacuda pra beijar."

Minha avó contou que antigamente, muitíssimo antigamente, aqui viviam os índios tamoios. Será que os tamoios tinham ocas onde hoje é a minha casa? Depois, esse morro inteirinho virou a fazenda Quebra-Cangalha, com plantações de cana-de-açúcar e café. Muitos anos se passaram e lá da Europa vieram famílias de portugueses e espanhóis que plantaram suas hortas. Como as hortaliças eram muito bonitas e fresquinhas, eles vendiam bem na feira e chamavam a atenção da clientela, que perguntava de onde vinham as verduras. Os feirantes respondiam:

– Lá da minha rocinha.

Daí surgiu o nome Rocinha, que pegou e ficou.

No meio de tantas construções, tem um prédio com uma escultura de pipas coloridas voando na fachada, a biblioteca. Sempre achei que biblioteca era um lugar onde a gente precisava ficar em silêncio, lendo quietinho em um canto. Mas que nada: essa tem computadores, TVs e bibliotecários que contam histórias. Foi o Jerson, colega da escola, que me levou lá pela primeira vez. Ele fez a carteirinha da biblioteca faz tempo, mas ainda não conseguiu pegar emprestado o seu livro predileto:

– Venho aqui muitas vezes com o meu pai procurando *O mais querido do Brasil em quadrinhos*, o livro do Mengão, mas ainda não consegui levá-lo para casa.

– Os torcedores disputam o único exemplar que a gente tem. Todos querem ler as aventuras de Zico, o Galinho de Quintino, e virar as páginas, acompanhando lance a lance as vitórias rubro-negras.

A bibliotecária explicou que esse livro não para na estante, mas ela não mostrou dificuldade com a bola, mudou o jogo pelas laterais e ganhou a torcida:

– Esse está emprestado, senta aqui que vou ler para você *A bola e o goleiro*.

Era a história de um goleiro de uma incompetência espantosa. Frangueiro como ele só, colecionava os apelidos mais vergonhosos, como Mão Furada e Rei do Galinheiro. Já a bola, chamada Fura-Redes, era um sucesso, a alegria dos artilheiros. Fazia gols de tudo quanto é jeito: olímpicos, de efeito, de letra, de placa, de bicicleta. Seus apelidos eram enaltecedores: Pelota Invencível e Redonda Infernal. Ela estava no auge, tinha sido até cotada para ser a bola oficial da Copa do Mundo, mas se apaixonou pelo goleiro e começou a fazer de tudo para cair em suas mãos. Fiquei pasma de o autor ser o Jorge Amado, o mesmo da novela *Gabriela, cravo e canela*.

Livro é igual a sorveteria, cada um tem sua preferência. Tem quem goste mais de livro de bicho, de histórias da Bíblia ou de romance, e muitos adoram contos de terror. Outro dia, um grupo escolheu um livro de vampiro e pediu para o bibliotecário contar, mas não queriam que lesse assim de uma só tacada, tinha que ser aos pouquinhos, a cada dia cinco páginas, assim eles voltavam na tarde seguinte e na próxima. Eram meninos que gostavam de seriado, de seriado de terror!

Foi no primeiro dia em que estive lá com o Jerson que ouvi uma moça pedindo para a bibliotecária:

– Você me indica um livro bom para ler no ônibus? Trabalho longe de casa, é chão daqui até lá, mas não consigo fechar os olhos e tirar um cochilo.

A bibliotecária pegou na prateleira *As esganadas,* um livro de detetive. Achei o título engraçado e fiquei pensando se tinha lugar certo para ler cada tipo de livro. Aí o Jeferson nos contou da Maria Eduarda, uma menina que sempre escolhe o mesmo livro, chamado *Histórias para ler na cama*, e pede para a bibliotecária contar. Mas não pode ser de qualquer jeito, não. Maria Eduarda deita nas almofadas em um cantinho e pede:

– Você conta e eu vou fechar os olhos. Lá em casa não tem ninguém para ler para mim. Então, na hora de dormir, me lembro da biblioteca, da sua voz, da história, fecho os olhos e durmo.

Quis, como os outros, também sair da Biblioteca com um livro debaixo do braço. Fiz a carteirinha e pude levar meu primeiro livro pra casa. Escolhi *A história sem fim*.

A ESCRITORA

Daniela Chindler, que prefere ser chamada de Dani, gosta muito de pesquisar. Além de ser escritora, ela trabalha com vários museus, como o Centro Cultural Banco do Brasil (CCBB), o Museu do Meio Ambiente e o Museu da Imagem e do Som (MIS), todos no Rio de Janeiro. Durante muito tempo, fez uma visita com atores pelas salas da Academia Brasileira de Letras, que tem uma linda biblioteca, e este ano vai propor sessões de contação de histórias para a biblioteca do CCBB, que será reinaugurada. Também está começando a trabalhar com livros escritos em braille, onde as letras são pontinhos em relevo, feitos para pessoas cegas.

OS ILUSTRADORES

Andrés Sandoval é chileno, mas mora em São Paulo desde criança. Desenhar é sua profissão: ele faz estampas de roupa, painéis, cartazes, mas o que mais gosta são dos livros (já fez mais de 50!). Andrés conhece pessoalmente a Biblioteca Internacional da Juventude. Quando esteve lá, havia uma exposição de livros daqui do Brasil.

Bruna Assis Brasil se apaixonou pelos livros logo na infância, em Curitiba. Depois de terminar os cursos de Jornalismo e Design Gráfico, decidiu se tornar ilustradora. Hoje, é pós-graduada em ilustração criativa pela Escola de Disseny i Art de Barcelona e tem mais de quinze livros publicados.

quem é quem

Ciça Fittipaldi é ilustradora desde 1973! Ela também escreve, e já criou histórias para muitos livros infantis. Seu trabalho tem influência das culturas populares, indígenas, africanas e afrobrasileiras. Ciça, além de ilustrar e escrever, também é professora. Na Universidade Federal de Goiás, ela dá aulas para quem quer ser ilustrador.

Elma é casada, tem três filhos, dois netinhos e muita curiosidade. Sempre gostou de livros, mas começou a trabalhar com eles quase que por acidente, incentivada pela família. Ela sempre fica fascinada com novas histórias, e com a da Biblioteca de Basra não foi diferente: quanto mais referências buscava, mais curiosa ficava! Para ela, foi um desafio colorir uma história que se passa em um ambiente tão hostil: o da guerra.

Juliana Bollini nasceu em Buenos Aires, mas vive em São Paulo há 16 anos. Desde pequena, gosta de passar horas e horas desenhando, fazendo colagens, lendo livros e ouvindo histórias, de preferência embaixo de uma árvore. Juliana fez as ilustrações da Biblioburro com muita inspiração, e ficou feliz em saber que existem pessoas como Luis neste pequeno-grande mundo.

Mariana Massarani nasceu no Rio de Janeiro, mas mal fica na cidade: gosta é de viajar. Ela conhece os lugares onde estão as bibliotecas deste livro, mas sonha mesmo é com uma biblioteca em cada bairro no Brasil, já que adora ler! (Tanto que já escreveu muitos livros – e ilustrou mais de 150!)

Mario Bag começou a desenhar ainda criança. Gostou tanto que continua até hoje... Já fez capas de discos quando eram ainda de vinil, capas de CD's, capas de revistas e agora faz ilustrações para livros infantis.

A DESIGNER

Raquel Matsushita adora brincar com formas, letras e cores, por isso foi estudar Design Gráfico na School of Visual Arts, em Nova York. Em 2001, de volta a São Paulo, criou o escritório Entrelinha Design, onde cria livros lindos como este aqui.

Este livro foi composto com fontes das famílias The Mix, The Sans e The Serif, e impresso na Pancrom Indústria Gráfica em outubro de 2012.